FACULTÉ DES LETTRES.

COURS

DE

POÉSIE FRANÇAISE.

LEÇON D'OUVERTURE DU SECOND SEMESTRE

Le 18 avril 1849.

M. Ch. CABOCHE,

CHARGÉ DE LA SUPPLÉANCE DE M. SAINT-MARC GIRARDIN.

AF310719

PARIS.

JOUBERT, LIBRAIRE-ÉDITEUR,

RUE DES GRÈS, 14, PRÈS DE L'ÉCOLE DE DROIT.

1849.

MESSIEURS ,

Il eût été bien à désirer que ce cours ne changeât point de maître, et que ce professeur que vous aimiez, et dont vous n'avez pas encore eu le temps d'oublier l'esprit ni la vivacité charmante, continuât à vous entretenir de notre belle littérature. Personne ne devait le désirer plus que moi, qui, il y a quelques jours encore, étais assis sur ces bancs, et ne trouvais qu'avec peine une place au milieu de vos rangs serrés. Oui, je l'eusse désiré pour vous, parce que ce n'est pas sans respect qu'il faut voir se condamner au silence une bouche généreuse et éloquente, pleine d'expérience et d'autorité, capable de faire entendre aux hommes aussi bien qu'aux jeunes gens de cet auditoire des leçons de goût, qui pouvaient être au besoin des conseils de morale et de conduite. Je l'eusse désiré pour moi-même, qui surpris en quelque sorte de ma témérité et confondu de mon insuffisance, n'apporte au milieu de vous qu'un enseignement à peine réfléchi, des paroles improvisées, un nom inconnu. Ah! si pour être digne d'être écouté, il suffisait du trouble de l'âme, comme le voulaient les anciens, et d'un vif sentiment du devoir; si pour donner à mes paroles la vie et la passion qui anime un auditoire, il suffisait d'aimer les lettres, de les goûter, de les admirer, de ressentir tout ce qu'il y a dans cette étude de noble et de généreux; s'il suffisait de reconnaître dans toute sa force tout ce que l'on doit à ceux qui vous écoutent, à ces livres que l'on étudie, il me semble que je ressens en moi je ne sais quoi de vif et de hardi, qui me rassurerait; il me semble que j'oublierais toutes ces qualités brillantes que vous trouviez dans ce maître regretté, et qu'il ne faudra plus venir chercher ici; il me semble que j'oserais presque me dire, sans crainte que son amitié ne me démentît : peut-être ne suis-je pas tout à fait indigne de venir en son nom et sous la sauvegarde de son amitié apporter à ce public, qu'il a entretenu et charmé pendant de longues années, le fruit de communes études et comme l'écho de ses leçons; peut-être qu'en me remettant entre les mains la tâche difficile de le remplacer pendant quelques mois, en me montrant plus vivement tout ce qu'il y a de périlleux, mais de noble dans une pareille entreprise, il a communiqué le courage à mon inexpérience, il a donné quelque force à ma parole, avec le goût de ce noble enseignement.

Mais je crains bien qu'il ne faille ici appliquer à ma hardiesse ces beaux vers du poëte latin, dont je sens plus que jamais tout le prix :

> . . . Avidos extendere cursus
> Velle videmur, et in mediis conatibus ægri
> Succidimus, non lingua valet, non corpora notæ
> Sufficiunt vires, nec vox, aut verba sequuntur...

Et puisque Virgile lui-même dit qu'il faut tenir conseil , et surtout tenir compte de ses forces, j'ai voulu restreindre mon sujet et le renfermer dans de sévères et prudentes limites. Nous étudierons la poésie en France au xviiie siècle , non pas toute la poésie. Le théâtre restera en dehors de nos atteintes; le théâtre a été pour M. Saint-Marc-Girardin le sujet de brillantes leçons ; le théâtre est encore en ce moment le sujet d'un livre ingénieux et spirituel , dont il va achever dans le loisir les deux derniers volumes. Il faut éviter de se rencontrer avec lui sur ce terrain; il faut éviter que vos esprits ne se rappellent ce que vous avez entendu ou lu , et que vos souvenirs ne se changent bientôt en pénibles regrets. Mais le théâtre excepté, peut-être restera-t-il encore le sujet d'une étude sérieuse et digne d'intérêt.

Il y a, je le sais, de ces temps, de ces peuples heureux où , après le théâtre , on trouve encore un vaste champ consacré aux muses. Il y eut dans l'antiquité de ces petites républiques , où la poésie ouvrait chaque saison de l'année et de la vie , où l'on ne connaissait si petite, si modeste profession qui n'eût l'hymne de son travail, le chant de sa fête ; où les luttes du corps , les courses de chevaux s'ennoblissaient aux accents de la lyre. On dit aussi que chez tel peuple barbare , c'étaient les poëtes qui conduisaient les armées au combat , et qui sonnaient la charge et chantaient la victoire , et il reste de ces époques heureuses de précieux débris. Nous n'avons pas à étudier un de ces peuples, un de ces âges privilégiés. Dans nos siècles civilisés , dans nos pays où le soleil, moins ardent , comme le disait Montesquieu avec quelque dédain , ne semble pas échauffer les imaginations, les poëtes sont choses rares. Il y a peu de ces hommes, qu'on appelait divins autrefois, qui puissent avec succès élever la voix au milieu des intérêts compliqués du monde, qui arrêtent en quelque sorte ou précipitent la marche des événements pour en faire prévoir ou retentir les coups et les contre-coups. Il est peu de ces vrais génies qui, plus émus que d'autres des passions de tous, plus heureux à en exprimer les accents, enflamment le feu de la guerre comme un Eschyle sous la menace des Perses, fassent aimer la campagne, comme un Virgile au souvenir des vieilles mœurs d'un temps passé sans retour, ou bien la paix, les arts et le luxe, comme un Horace, sous la tyrannie élégante et rusée d'Auguste.

Que si ces dons de la Providence ont été rares dans tous les temps, même les plus favorisés, pourquoi le xviiie siècle eût-il été mieux traité? Y eut-il dans son histoire de ces grands événements qui changent la face d'un pays, comme aux jours de Virgile et d'Horace, qui épouvantent et bouleversent les âmes, comme pour Lucrèce? Y eut-il ce sentiment héroïque, généreux, emporté, qui poussait les hommes sur un champ de bataille comme aux jours d'Eschyle ou d'Homère? Y eut-il dans les passions de ce temps une passion plus vive, plus ardente, qui animât, qui saisît des esprits plus heureux, qui les transportât et leur arrachât à leur insu de ces chants que la postérité relit encore avec enthousiasme, alors que la passion du moment a disparu? Non, ce temps qui sera le sujet de nos entretiens n'a aucun de ces brillants attraits, et quoique je ne veuille aujourd'hui rien préjuger sur ce que l'étude pourra nous découvrir, je dois le dire, ce siècle n'a rien de particulier, rien d'original. Aucun grand événement ne vient troubler son tranquille cours : point de malheur, point de bonheur non plus; partout la paix et ses douceurs, sa mollesse énervante et ses jouissances sensibles : partout le luxe et la corruption, élégante d'abord, effrontée plus tard.

Est-ce à dire, comme le voulait un étranger, d'ailleurs homme d'esprit, que nous autres Français, nous n'avons guère jamais su ce que c'était que la poésie, et que nous n'avons pas eu de poëtes? Peut-être ne savons-nous pas ce que c'est que la poésie, s'il ne faut donner ce nom qu'aux rêveries capricieuses d'une imagination sans frein; nous n'avons pas eu de poëtes, s'il faut que dans leurs transports ils abdiquent le bon sens et l'esprit. Mais s'il y a une muse discrète et sage, ingénieuse et spirituelle, qui a l'âme ouverte aux sentiments naturels et vrais, qui parle une langue simple et sage; une muse dont la démarche n'a point de saillies irréfléchies, point d'élans aveugles, qui aime la raison et le sens, qui tienne comme un heureux accord entre toutes les facultés de l'homme, l'imagination et le jugement, l'emportement de l'enthousiasme et la réflexion du bon sens; nous avons une poésie française, nous avons des poëtes français. Le règne de Louis XIV a eu en ce genre, comme dans tout le reste, ses merveilles. L'âge suivant a vu quelques-uns de leurs disciples, les a entourés de gloire et d'honneur, avec trop de complaisance peut-être. Loin de moi cependant de perdre votre temps, de fatiguer vos esprits dans cette longue revue de vers frivoles, de riens versifiés, qui n'ont vécu qu'un jour, un soir, une heure. Nous laisserons à ces salons qui les accueillaient les bouquets à Chloris, les couplets sur une absence, les stances sur un caprice; voire même ces nombreux poëmes didactiques, dont tout le mérite consiste dans une difficulté vaincue : froides et laborieuses compositions qu'aucun souffle n'agite, qu'aucune passion ne saurait animer.

Mais en ne nous attachant qu'à ces ouvrages que le

temps a sauvés de l'oubli, nous trouverons encore un étrange spectacle : c'est dans ces jours d'indifférence religieuse et de hardiesse philosophique que la lecture des livres saints a pu donner quelquefois à l'ode un ton élevé et harmonieux : c'est cette époque qui a vu, applaudi, admiré ce lyrique malheureux, dont le sort fut trente ans digne d'envie et trente ans digne de pitié; c'est cette même époque qui s'était fait de la prose un instrument d'action et de révolution, et qui trouva dans les souvenirs de l'histoire une sorte de poëme épique, qui, malgré ses défauts et sa philosophie, est encore unique et sans rival dans notre littérature. Alors que la chaire se taisait, ou ne soutenait plus ses dogmes par l'éloquence et l'autorité de sa parole, c'est alors que la philosophie éleva la voix, se fit comme une tribune, et débita hautement ses principes dans des discours hardis, ou des épîtres sceptiques. Ce fut encore dans le même temps que les joies de la vie, les plaisirs de la société, et bientôt après le dégoût de ces joies, la haine des rivalités, le sentiment ardent de la misère ou de la maladie, les angoisses des douleurs de toute espèce, ont inspiré des vers tour à tour charmants de grâce et brûlants de colère, des beautés qu'Horace eût avouées, ou des hardiesses dignes de Juvénal. Et puisque enfin je cherche dès aujourd'hui à marquer l'esprit, la marche, l'étendue mesurée et certaine de ce cours, je voudrais en mettre en relief les traits principaux, en saisir les aspects divers, et vous donner, messieurs, à comprendre ce qui nous occupera dans ces derniers mois de l'année.

Je me demande d'abord ce qu'il restait de poëtes français à la mort de Boileau et de Louis XIV, et je ne trouve que J.-B. Rousseau et Chaulieu qui, suivant les traces de leurs devanciers, soutiennent encore l'honneur de cette

école créée par Malherbe , constituée par *l'Art poétique,*
et illustrée par Racine et La Fontaine; puis je cherche quels
sont, d'un autre côté, ces poëtes que surprirent les me-
naces et les colères trop réelles de la révolution française :
c'était Gilbert, c'était André Chénier, écrivains bien diffé-
rents des premiers ; c'est une autre école, ce sont d'autres
sentiments ; c'est comme une autre langue. Entre ces deux
extrémités s'écoule le siècle tout entier. Ainsi, au début, la
tradition du goût sévère de Boileau se perpétue ; là, le sens
gouverne l'imagination, l'esprit supplée parfois à l'émotion ; on plaît bien plus qu'on ne charme. Est-ce fatigue
des esprits? est-ce difficulté de la tâche? L'art s'affaiblit.
Les uns, mondains et voluptueux, comme Chaulieu et
La Fare, ne pouvaient se donner le mal de la correction :
indulgents en vers comme en morale, ils écrivaient par
passe-temps des poëmes faciles et négligés sur tous les su-
jets graves ou légers, et toujours dans les tons les plus
frivoles. D'autres, spirituels et ingénieux, mais sceptiques
aussi, comme Fontenelle, cherchaient toujours et rencon-
traient quelquefois des traits heureux d'esprit capables de
fournir une églogue ou une épître. D'autres encore, comme
J.-B. Rousseau, comme L. Racine, avaient retenu des
maîtres toutes les règles , tous les préceptes de l'art ; mais
ce je ne sais quoi, qui ne se donne pas, cette marque du
génie, ce souffle qui anime les paroles et les rend toutes
de feu, leur manquait.

Toutefois, il restait, comme un débris du grand siècle,
dans le silence de la solitude et de la retraite, un génie
élevé qui, pour n'avoir jamais écrit de vers, n'en portait
pas moins dans l'étude et le culte de la poésie un goût
hardi, une critique un peu chagrine de nos règles sévères .
C'est Fénelon ; ce fut dans les derniers temps de sa vie
qu'il composa sa lettre à l'Académie. C'était dans ce temps

aussi qu'il soutenait les anciens contre La Mothe, redoutable athlète dans une lutte où il confondait à la fois ses adversaires sous l'autorité de ses exemples et la raison de ses avis. Il faut ici marquer les deux traits principaux que Fénelon met en relief dans tous les ouvrages littéraires des derniers temps de sa vie ; il craint pour notre poésie une timidité, une sécheresse qui la feraient mourir ; il craint que la sévérité des règles et la difficulté de la langue ne deviennent une cause de découragement ; et à travers tout le respect et tous les hommages dont il entoure les noms de Boileau et de Racine, il perce une secrète critique de l'art tel qu'ils l'ont fait ; il veut briser les chaînes et les entraves, où se sont complus ces hommes extraordinaires. Mais ce qui éclate bien plus vivement encore, c'est son admiration pour les modèles de l'antiquité ; et cette admiration, sur quoi porte-t-elle ? que veut-elle ? Ce qu'il aime dans les poëtes anciens, c'est la vivacité du sentiment, c'est le naturel, c'est la naïveté franche et simple qui force et contraint l'expression, ou qui la rencontre, comme on disait alors, mais qui ne la cherche pas ; qui, laissant l'esprit et ses ingénieux efforts, n'a de goût qu'aux véritables émotions, qu'aux mots simples qui les expriment. Ainsi, sur le seuil même du siècle, la critique entrevoyait et redoutait la fin de notre poésie ; elle appelait de ses vœux une révolution qui, donnant plus à l'âme qu'à l'esprit, vivifiât d'une vie réelle un art qu'avaient cultivé avec tant de succès La Fontaine et Racine ; mais qui avait ce redoutable inconvénient d'imposer à l'homme pour condition la nécessité d'avoir du génie.

Le siècle ne s'écoula point sans qu'un écrivain, admirateur fougueux de Télémaque, ennemi déclaré de la poésie et de la littérature mondaines qui triomphaient, J.-J. Rousseau, ne répondît à son insu à la critique de Fénelon. Pour lui, il ne connaît pas les anciens, et jamais il n'eut cette aimable simplicité qui fait le charme de leurs livres. Mais comme il secoua toujours les chaînes de la société et vécut d'une vie d'aventure; comme ce n'était pas un des heureux du jour, qu'il n'avait ni château, ni vassaux, ni même un gîte; qu'il ne jouit jamais de la vie et de ses joies; comme il éprouvait souvent les angoisses de la misère et la difficulté de l'existence, il avait sans cesse l'âme émue et travaillée; il portait partout quelques-unes de ces passions qui donnaient tant d'émotions à la voix des poëtes de l'antiquité, et pour rendre ses douleurs et ses chagrins, il se fit lui-même une langue nouvelle, poétique en prose, toute colorée et brûlante du feu de ses sentiments, comme Tacite à Rome se faisait un mélange éloquent de la poésie et de la prose, pour exprimer la colère qui l'animait à la vue des excès de Néron ou des mensonges de Tibère. Qu'était-ce que cette élégance raffinée des lettres du temps pour rendre les chagrins qu'il éprouvait ou qu'il croyait éprouver? qu'était-ce que les apprêts affectés de Saint-Lambert ou de Delille, pour rendre l'extase qui le transportait dans ses rêves quand il voyait *la pourpre des bruyères et l'or des genêts*, merveilles qu'il aimait moins assurément qu'il ne haïssait la société.

Ainsi de tous les accidents de cette existence bizarre, du sein des agitations et des orages de ce cœur malheureux par lui-même encore plus que par les injustices des autres, il sortit des pages dont l'émotion faisait le premier mérite. Ce fut un modèle nouveau. Après la prose agitée de J.-J. Rousseau, la poésie devint le cri irréfléchi et soudain de l'âme. Boileau demandait que son vers eût du sens. On demanda qu'il eût du sentiment, qu'il portât l'empreinte et le cachet de la vie, qu'il fût marqué de tous les sentiments de la nature, et sans souci de la raison et du goût, on lui pardonna, et bientôt après, on exigea de lui les désordres et l'entraînement de la passion.

Aussitôt ce fut la loi nouvelle, et J.-J. Rousseau remit entre les mains d'un ami fidèle les destinées de la nouvelle école, comme ce prophète de l'ancienne loi en quittant la terre, jeta sur les épaules de son disciple le manteau qui le faisait prophète à son tour. C'est aussi l'amour de la solitude et le chagrin de la vie ; c'est ce besoin inquiet de créer un monde nouveau, meilleur que celui de tous les jours, d'y attacher ses souvenirs ou ses espérances, ses regrets ou ses désirs, qui inspiraient Bernardin de Saint-Pierre, quand il composait *Paul et Virginie*. Qu'a-t-il voulu, en effet ? il a voulu faire pour le xviiie siècle ce que Théocrite et Virgile faisaient pour le monde déjà vieux de leur temps ; il a voulu peindre la beauté d'une nature neuve et primitive, des mers, des fleuves, des terres que l'Europe ou ne connaissait point, ou qu'elle oubliait, et pour relever encore cette nature qui, toute belle qu'elle est, n'a point de vie véritable tant que l'homme ne l'a point animée de sa présence et peuplée de ses passions, il a transporté sur ce théâtre le tableau de nos joies et surtout de nos peines ; vieil héritage que tous les siècles se sont transmis avec une triste fidélité. Tel était le disciple de Rousseau : il avait reçu de son maître, sinon l'horreur du monde, du moins un goût de fuite et de tristesse ; il rêvait des maux comme d'autres rêvent le bonheur, et il semble que pour les peindre avec plus d'éloquence, il se soit complu à s'en figurer et presque à en ressentir les angoisses.

Mais ces douleurs morales, ces regrets qu'ils imaginaient, deux poëtes, leurs contemporains, les éprouvaient dans toutes leurs amertumes. Étrange siècle, qui fut, dit-on, l'âge d'or de la littérature, et qui s'ouvre par l'exil de

Rousseau et finit par la mort de Gilbert et la mort plus terrible encore d'André Chénier. Rousseau n'eût-il pas été coupable des couplets infâmes qu'on lui attribua, n'eût-il mérité aucun des malheurs qui rendirent si déplorables ses dernières années; Rousseau ne fut pas si malheureux qu'il ne reçut du moins de nobles consolations chez des hôtes généreux. Mais Gilbert mourut à l'hôpital, épuisé, l'âme et le corps bouleversés par la maladie et le désespoir : Gilbert mourut injurié par ses ennemis et poursuivi de leurs clameurs cruelles. Mais Chénier, ce poëte de tant d'âme et de passion, après avoir trouvé dans la prison de nouvelles inspirations plus vives et plus éloquentes, marcha à la mort un jour trop tôt, comme pour ajouter une nouvelle horreur à l'horreur de l'échafaud. Ce n'était donc pas des rêveries de douleurs qui leur arrachaient ces vers encore pleins aujourd'hui de tristesse et d'amertume ; c'était la réalité cruelle et déchirante, c'était l'épreuve, c'étaient les aiguillons et les pointes de la vie. Ainsi, cette nouvelle école plus passionnée et moins discrète que l'autre, elle cherche à rendre des émotions intimes et personnelles, vraies ou fausses; c'est quelque chose de plus vif, de plus soudain, de plus humain, qu'elle représente dans ses tableaux ; et selon l'exemple du maître, comme on sent plus profondément le mal que le bien, elle eut toujours un ton de tristesse, un air de mélancolie, qui pour le xviie siècle, était une maladie de l'âme, et qui devint comme une nouvelle muse pour notre époque.

Ce n'est pas sans raison et par oubli que j'ai différé de parler de cet homme prodigieux, qui semble presque à lui seul toute la poésie du xviiie siècle. Voltaire trouve naturellement sa place entre les deux écoles dont j'ai voulu marquer sans m'interrompre les différences principales.

Comme Fénelon, il se plaignait de voir la poésie française menacée de sécheresse et frappée de froideur. Au théâtre, il donna plus de mouvement, plus de variété, plus de vie; à la poésie familière, il donna plus d'émotion. Du reste, il fut le disciple de Boileau, pour le respect des règles, de la correction, de la pureté du goût : il suivit les traces et les exemples du siècle précédent avec une soumission qui était bien méritoire pour un esprit indocile comme le sien ; et ce n'est pas un médiocre honneur pour les lettres, quand on voit ce hardi novateur, qui entassa autour de lui tant et tant de ruines, respecter Vaugelas, consulter d'Olivet, et courber timidement la tête sous les règles sévères du goût, les seules, je crois, qu'il ait toujours respectées.

Quelle fut donc la véritable cause de cette gloire bruyante, qui entoura Voltaire, qui enchanta sa longue vie, qui le séduisit et le corrompit lui-même dans l'enivrement de la vanité ? Voltaire eut une muse qui ne le quitta, qui ne le trahit que rarement, qui nourrit sa jeunesse, qui enflamma encore ses dernières années en dépit des glaces de l'âge : muse vive, indiscrète, pleine de gaîté, d'impétuosité, de finesse et de colère; muse capricieuse, tantôt louangeuse jusqu'à l'excès, tantôt railleuse jusqu'à la cruauté : c'était la passion du monde, le goût de la société et de la vie, le charme des arts, de l'élégance et de l'esprit, et la jouissance du bien-être. Il aimait ce siècle, qu'il avait fait et façonné à son image ; il aimait ces salons, qui dévoraient à l'envi tout ce qu'il leur donnait de bon ou de mauvais, qui étaient dociles à sa voix, qui le prévenaient ou le suivaient, échos soudains et fidèles de ses caprices, philosophes comme lui, savants comme lui, impies avec lui. Il aimait cette société frivole et légère, tout entière au luxe, aux lettres, aux arts, qui se passionnait sous sa main, et qui avait pour ses témérités de coupables complaisances. Il aimait ce théâtre, qui applaudissait la passion, telle qu'il la concevait, tant soit peu grippée de philosophie, qui avait des enthousiasmes, des couronnes et des triomphes pour toutes ses pièces, et même pour Irène. Il aimait enfin cette vie orgueilleuse où les rois de l'Europe l'honoraient, le flattaient, le comblaient de présents et de faveurs, où un air de persécution le tenant loin de Paris, il jouissait d'une magnifique fortune, d'un château au pied des Alpes, et disait du lac de Genève, mon lac. Bien différent de ce rival toujours inquiet et jaloux, toujours triste et malheureux, pour lui, il était heureux, gai, content : il chantait tous ces trésors de jouissances que lui prodiguait son siècle, que l'Europe lui offrait dans les palais des souverains; il chantait la gloire qui l'entourait, que relevait encore les adulations et les flatteries, voire même les critiques de ses rivaux ou vaincus, ou humiliés, ou impuissants.

Mais ici je m'arrête : il est difficile, je le sais, de parler de Voltaire comme il convient. L'éclat de son nom, la honte de quelques-uns de ses livres vivent encore aujourd'hui et partagent l'admiration et la colère, et quoi que l'on fasse, soit que l'on vante en lui cet esprit de feu qui éblouit, ces dons brillants de l'esprit vifs et irréfléchis, qui le séduisent et l'égarent lui-même, que l'on flétrisse d'une juste réprobation ses licences grossières et impies, il semble que l'on reste toujours au-dessous de ce que chacun est en droit d'attendre. Nous tâcherons d'être juste, et puisque nous retrouverons sa renommée et l'empreinte ineffaçable de son génie dans tout, dans le mal comme dans le bien; nous chercherons à surprendre, à saisir, à fixer ce Protée si capricieux en dépit des ruses et des mensonges où il s'enveloppe : nous le ferons, j'espère, avec une libre fer-

meté : et pour cela, je compte sur la droiture de vos esprits. Non, nous ne devons pas craindre de rencontrer sur
notre chemin les ébats de cette imagination parfois si
effrontée et si impudique, nous savons bien d'avance que
de telles licences ne nous arrêteront pas. Il y a de ces ouvrages qu'on ne relit pas, mais qu'on a lus un jour pour
juger par ses yeux jusqu'où pouvait aller la hardiesse
dans les débauches de l'esprit, comme dans cette ville de
l'antiquité, on voulait voir combattre des esclaves pris de
vin pour se dégoûter à jamais de l'ivresse et de ses excès.
Hâtons-nous d'ailleurs de le dire : Voltaire a voulu être
cynique, et il l'a été ; mais le nom fatal de ce poëme a jeté
sur d'autres ouvrages sortis de sa plume une tache mauvaise : on a condamné sans examen, et parfois sans appel,
des vers dignes d'estime sous la réprobation qui s'attachait
à cette muse qui avait le sourire sur les lèvres et les pieds
dans la fange.

Que si nous nous laissions aller à admirer avec trop de
complaisance, à aimer avec trop de lâcheté ce mondain
dans ses jeux spirituels et aimables, si cet appel qu'il fait
sans cesse aux instincts faibles et indulgents de notre humeur nous aveuglait, nous reporterions soudain les yeux
vers ces tristes et cruelles années, où la plus terrible des
expiations vint surprendre ce siècle endormi dans l'en-
chantement de ses vanités et de son orgueil. Et alors, faisant trêve à nos passions du jour, à nos préoccupations de
l'avenir, il sera, je crois, digne d'intérêt d'écouter à loisir
les enseignements du passé ; car, enfin, cette ardeur
effrénée, ce besoin impérieux du bien-être, des joies de la
vie que nous nous disputons quelquefois jusqu'à la fureur,
ces douceurs convoitées, enviées par les uns, possédées
et aimées des autres, qui les aima plus, qui s'en enivra
davantage, qui y attacha plus vivement son âme et son

cœur que le xviiiᵉ siècle? Ce siècle est après tout notre père, et trop souvent encore notre modèle. Eh bien! dans nos jours agités, où tant de passions déclarent la guerre à la société, et sous la grande lumière de notre expérience, il sera curieux de relire et d'étudier ces hymnes, ces chants où vit sans souci le goût de la volupté et des jouissances, comme si cette terrible tempête de 93 ne devait pas emporter dans son tourbillon, et ces joies, et ceux qui les chantaient, et ceux qui les croyaient immortelles, pour ne plus laisser à la postérité, au lieu de cette apparente sécurité, que des luttes, des combats, de cruelles victoires et d'amères inquiétudes.

Ainsi défini et déterminé, j'ai resserré, je l'avoue, mon sujet, j'ai redouté ma faiblesse et mon inexpérience; j'avoue aussi que voulant étudier avec vous ce siècle de nos pères, j'aurais choisi de préférence la poésie la plus familière, la plus personnelle, celle qui rend le plus franchement les émotions du jour et de l'heure, qui appartient le plus certainement à l'homme, à sa vie, à ses mœurs; celle dont il a le plus à être fier ou à se repentir. Il n'en est pas de la poésie comme d'autres parties de la littérature, elle n'a pas un fonds donné, certain, fixe; elle n'est pas soumise à l'empire des faits, ou à la tyrannie des événements. L'histoire, qui évoque aux yeux de la postérité la vie qui n'est plus, s'enfonce dans l'étude des temps; elle sonde les plis et les replis des événements, et les met à la lumière sous l'impérieuse loi de la vérité et de la justice; elle ne peut pas à son gré aimer ou haïr Louis XIV, exalter Condé ou abaisser la gloire de Turenne. Il y a longtemps que ces hommes ont donné la mesure de leurs défauts et de leurs vertus. L'éloquence, pour s'adresser aux passions, les enflammer, les pousser, les jeter dans les hasards de la politique ou les contenir dans les limites du devoir, l'éloquence non plus n'a pas toutes ses franchises. Les passions ont un objet, un théâtre; si variés qu'ils soient, cet objet, ce théâtre sont connus. C'est dans le sénat que Cicéron accable Catilina; c'est dans l'assemblée que Mirabeau combat la hideuse banqueroute, qu'il défend son nom, son honneur contre les cris de la rue et les attaques des pamphlets. Sans doute l'un et l'autre voyaient avec leurs yeux les projets de la trahison ou les calomnies de la haine. Mais Catilina avait conspiré, on savait l'origine, les progrès, la fureur de ses desseins. On savait ce que valait cette grande trahison du comte de Mirabeau; ce n'était donc pas un champ arbitraire et capricieux; ce n'était pas un terrain choisi, mais accepté; ce n'était pas un monde créé, imaginé, des événements rassemblés ou combinés au gré de leur humeur. La poésie n'est point telle. Qui a dit à Racine : Tu mettras sur la scène tragique l'amour, ses fureurs et ses tendresses, ses douleurs et ses joies? Qui a dit à La Fontaine : Tu peupleras la terre, le ciel et l'eau de bêtes plus avisées et plus sages que l'homme; tu leur donneras des mœurs, de l'esprit et de la raison, et tu resteras néanmoins le plus naturel et le plus naïf de tous les poëtes? Quel lien a attaché l'un à la tragédie, l'autre à la fable? Quel autre lien, si ce n'est leur propre choix, et ce je ne sais quoi qu'on appelle le génie, qui ne relève ni des accidents, ni des hommes, mais de celui-là seul qui en est le précieux dépositaire ; ce génie qui marche avec toute la liberté du caprice et qui prend à son gré aujourd'hui la tragédie, demain la fable, comme des instruments dociles qu'il brise ensuite à son caprice?

Mais si indépendant que soit le poëte sous ce rapport, il est toujours dans la main de la Providence, qui le jette à son gré dans un siècle ou dans un autre, qui donne aux jours qu'il traverse plus d'orages ou de calme, plus d'esprit ou de raison. Quel était donc alors ce dix-huitième siècle où nous allons entrer ensemble? Quelles mœurs, quels goûts étendaient ou resserraient le domaine de la poésie?

Et tout d'abord je nommerai la philosophie, c'est-à-dire ce besoin de tout ramener à la raison, de discuter, d'examiner avec sa froide rigueur même ce qui plaît, ce qui charme, ce qui se sent : l'enthousiasme, l'admiration, la foi. Ce n'est pas qu'il n'y ait eu dans d'autres siècles des philosophes doués d'une belle imagination, qui ont créé d'heureuses compositions pour satisfaire les besoins de leur esprit ou les passions de leur cœur; que les espérances ou les craintes, les incertitudes même de la philosophie n'aient inspiré de beaux vers; que les idées d'une vie qui s'éteint, pour renaître à un monde meilleur, cette vue de l'univers, qui révèle une main puissante et généreuse, n'aient ému des âmes de poëte et inspiré des vers dignes de la majesté du sujet. Virgile n'a-t-il pas écrit les plus beaux vers qui soient sortis de son génie, sur les révolutions du monde, sur les destinées immortelles de l'âme? Lucrèce n'a-t-il pas été le poëte le plus élevé et parfois le plus sublime, en dépit de son goût pour le néant et de ses joies à l'aspect de la mort?

Mais ce n'était pas de telles questions que se préoccupait la philosophie telle que l'entendait le xviiie siècle. Il semblait que dans ce renouvellement de mœurs, d'idées, de principes, il s'agît de juger et presque de condamner tout ce que les siècles précédents avaient cru, estimé, honoré : c'était une sorte de critique et de juge, qui, à l'aide du doute, ne laissait rien debout, ni dans le monde, ni dans les esprits. Ainsi, depuis Bayle jusqu'à l'Encyclopédie, il faut refaire des dictionnaires qui corrigent les erreurs, redressent les opinions , révèlent la loi nouvelle et relèvent le genre humain de sa vieille enfance. On a dit de Bayle que c'était le plus froid douteur qui se fût encore vu , et Voltaire l'invoque comme un digne sujet de ses vers :

> J'abandonne Platon, je rejette Épicure ;
> Bayle en sait plus qu'eux tous : je vais le consulter.
> La balance à la main , Bayle enseigne à douter ;
> Assez sage, assez grand pour être sans système ,
> Il les a tous détruits , et se combat lui-même.

Puis vint l'Encyclopédie, œuvre immense, née au cœur même du siècle, puis le Dictionnaire philosophique de Voltaire, plus vif, plus fin, plus railleur, tous fruits de cette disposition frondeuse qui s'appelait alors la philosophie. Voltaire lui-même en a ri, et de quoi n'a-t-il pas ri? et l'on pourrait assez bien appliquer à cette humeur nouvelle ce qu'il écrivait deux ans avant de mourir d'une des héroïnes de ses contes :

> Son talent n'était pas de conter des sornettes,
> De faire des romans, ou l'histoire du jour :
> Elle était un peu sèche, aimait la vérité,
> La cherchait, la disait avec simplicité,
> Se souciant fort peu qu'elle fût embellie ;
> Elle eût fait un beau tour à l'Encyclopédie.

Plus froides et plus rigoureuses peut-être encore, les sciences prirent dans ce temps une grande popularité, ce fut le goût dominant. Voltaire les étudia et les prôna avec la vivacité qu'il mettait dans tout : on voit les femmes

même éprises de cette manie, mais c'est le propre des
sciences de tout rapporter à l'abstraction, de mettre autant
que possible la vérité dans toute sa rigueur et sa nudité,
de la dépouiller des artifices et des ornements de la réalité,
de rejeter ces conditions misérables, mais bien nécessaires
cependant de la vie et du monde ; c'est le but de la science
de ne s'adresser qu'à l'intelligence et à la raison, de laisser
dans l'ombre et dans le mépris le reste de l'homme comme
une source d'erreurs et de tromperies. Qu'y a t-il là qui
sente la poésie ? qu'a-t-elle à faire avec de semblables études ?
La poésie, et c'est là son mérite et sa force, vit d'images
et de passions ; elle vit d'esprit et de cœur, parce qu'elle
vient de l'homme et retourne à l'homme, qu'elle s'adresse
à tous, que tous la goûtent, que tous en ressentent les
effets et les plaisirs ; un grand poëte l'a dit :

Le mensonge et les vers toujours furent amis.

Et le siècle qui aime la science, parce qu'il recherche
en tout la vérité et la rigueur, n'est pas le siècle de la
poésie.

Mais s'il y avait eu dans la marche du xviiie siècle de
ces grands accidents qui donnent aux esprits de vives émotions et les arrachent malgré eux aux attaches de la mode
et des mœurs, s'il y avait eu dans le gouvernement la force
et la dignité qui commandent la vie et le respect, c'eût été
une vaine tyrannie que la tyrannie de la philosophie ou
de la science. Et ici je ne voudrais point revenir sur ce
qui vous a été dit avec plus d'autorité que je ne saurais le
faire. Contentons-nous d'observer le début de ces deux
règnes si longs et si divers de Louis XIV et de Louis XV.

Nous voyons d'un côté la jeunesse du souverain relevée par l'éclat des armes, des victoires, des hommes illustres ; une noblesse ardente, vive, avide de gloire, frémissante encore de ses vieilles résistances au pouvoir, mais prête à lui donner son sang et sa vie, pourvu qu'en échange il lui rende l'honneur et la gloire ; une nation fatiguée de troubles et d'agitations demandant la paix, non comme une grâce, mais pour jouir de la puissance qu'elle a acquise : nous trouvons je ne sais quelle ardeur vive et jeune qui cherche un aliment, qui demande ce qu'elle trouvera bientôt dans ce roi dont la gloire fut de mettre à profit pour la France et pour lui-même tout ce qui s'agitait alors de vie et de passion dans son royaume. D'un autre côté, nous trouvons un roi enfant aussi, entouré de princes corrompus ou corrupteurs, une cour humiliée par le souvenir de récentes défaites, découragée et livrée à l'ennui ; une noblesse divisée par l'habitude, la dévotion ou le goût de la licence ; une nation désenchantée du pouvoir, et fatiguée des grandeurs qu'elle avait vues suivies d'égales misères. La vie n'est point là, et qui pouvait l'y ramener ? ce fut dans tout le siècle le calme le plus profond ; ce fut l'indifférence ou l'aveuglement des longs ministères ; ce fut une confiance funeste dans des droits contestés ; à la cour, de scandaleuses amours ; à la ville, une licence hardie, qui encourageait la cour et puis s'en raillait, et enfin la méprisait. Oui, la nation qui agissait, qui pensait, qui vivait, ressemblait assez bien à ces fils de famille qui n'ont point de nom, point d'héritage, mais qui seront bientôt des victorieux et des glorieux : elle n'avait ni le crédit pour appuyer ses opinions, ni la force pour les faire, au besoin, triompher. Elle se servait donc de ses ressources, je veux dire de l'esprit et des livres pour commencer, et bientôt pour précipiter la révolution qu'elle appelait de ses vœux. Elle employait, et Dieu sait avec quelle habileté, les cent voix de la littérature pour attacher à ses idées la popularité ; mais la poésie n'est point une arme de lutte ni de guerre. Il est vrai, qu'à certains jours elle mêle sa voix aux conflits des passions, qu'elle prête l'agrément de son langage aux intérêts du moment; mais son objet n'est point d'attaquer des droits séculaires, de réformer de vieilles mœurs consacrées par de longs âges, de détrôner de pieuses et honorables superstitions, de renverser des autels chargés d'hommages. Non. Aussi, pour suffire à ces habitudes nouvelles qu'avaient faites à la fois et l'affaissement du pouvoir et l'humeur hardie et téméraire de la nation, la poésie changea de ton : elle entra dans le mouvement de tous, elle chercha ses inspirations moins loin et moins haut.

Pour être plus éclatante et plus écoutée peut-être en devenant la voix du siècle, elle perdit de précieux avantages ; elle se donna souvent un air de précipitation et de négligence ; elle n'eut plus ce respect de l'élégance et de la pureté qui lui assurait une gloire durable, et puis, comme elle était préoccupée du désir d'arriver à l'heure marquée, de saisir l'accident qui passe si vite, elle s'exposa à ne plus apporter devant le jugement et la critique de la postérité que des grâces éphémères et des beautés déjà vieillies.

Mais j'ai hâte d'arriver à cette dernière cause, la plus puissante de toutes celles qui ont affaibli la poésie au xviiiᵉ siècle. Quand les littératures ont jeté un grand éclat et atteint un haut degré de beauté, il naît de cette perfection même un défaut et comme un vice naturel, qui l'altère et la corrompt, ainsi que dans un beau fruit mûr se cache l'ennemi même qui le gâte et le perd. Cet ennemi, je ne voudrais pas le nommer de peur de vous scandaliser et de condamner d'avance ce qui manquera trop souvent à ces leçons ; mais je trouve dans La Bruyère, le légitime précurseur de Montesquieu, cette phrase : L'on écrit régulièrement depuis vingt années... L'on a mis dans le discours tout l'ordre et toute la netteté dont il est capable : cela conduit insensiblement à y mettre de l'esprit. Vous l'entendez, c'est La Bruyère qui l'a nommé.

Messieurs, en proférant cette grave accusation contre l'esprit, je redoute deux inconvénients : je crains que vous ne m'accusiez de blâmer ce que je ne connais pas assez, et puis je crains aussi que, semblable à ces divinités jalouses de la fable, qui frappaient d'aveuglement les yeux indiscrets, s'ils venaient à surprendre leurs mystères et leurs faiblesses, cet esprit ne dépouille de ses agréments et ne frappe de stérilité et de sécheresse mes téméraires paroles ; mais, par bonheur, je trouve dans ce temps même bien des pièces qui pourraient servir à composer un réquisitoire en règle contre l'esprit. Ici, c'est J.-J. Rousseau qui reproche amèrement à Voltaire de sacrifier au vain désir de plaire, des beautés mâles et nobles ; de se rattacher ainsi, de s'asservir à ce goût du jour et de ne pas braver les exigences de la délicatesse, de penser et d'écrire en vue de l'esprit qui donnait alors les applaudissements et la gloire. Là, c'est Vauvenargues, ce philosophe dont la mélancolie fut la conseillère ; c'est Vauvenargues, qui rappelle la critique ingénieuse et spirituelle au culte de l'âme, comme étant la source inaltérable du goût : il combat le besoin d'un succès éphémère et l'engouement des petites coteries qui inspiraient les vers de Fontenelle, je parle des bons, et consentaient à applaudir des bergers, à condition qu'ils fussent spirituels. Vauvenargues retrouva dans la droiture de son jugement et l'honnêteté de sa vie solitaire, ce bel axiome tant prôné des anciens : les grandes pensées viennent du cœur.

Mais il est deux hommes dont le témoignage est d'un bien plus grand poids : le premier a tracé dans des vers faciles les inconvénients de l'esprit. Qui pouvait les connaître mieux que Chaulieu? Il avait traversé la gloire littéraire de Molière, de Racine et de La Fontaine ; il savait, si c'était de l'esprit qu'on demandait à ces grands génies ; il savait, si c'était de cette sorte d'esprit que madame de Sévigné faisait honneur à Racine, quand elle disait qu'il avait bien de l'esprit ; si Molière n'en avait pas ri toutes les fois qu'il l'avait rencontré à la cour ou à la ville, dans les salons ou dans les antichambres ; si enfin La Fontaine n'en avait pas tenu à l'abri tous les personnages de cette comédie à cent masques divers, qu'il appelle ses fables. Et voici ce qu'écrivait Chaulieu en 1708 :

Source intarissable d'erreurs,
Passion qui corrompt la droiture
Des sentiments de la nature
Et la vérité de nos cœurs....

Encor si telle qu'autrefois
Toujours modeste en sa parure,
L'Églogue faisait la peinture
Des bergers, des prés et des bois :
Ou qu'au bon siècle de Catulle,
Simple dans ses expressions,
Et de Virgile et de Tibulle
Elle chantait les passions

Mais, non ; de quelque rime rare,
De pointes, de raffinements,

Tu cherches les vains ornements
Dont une coquette se pare :
Et suivant les égarements
Où jette une verve insensée,
Tu négliges les sentiments
Pour faire briller la pensée.

Esprit, tu séduis ; on t'admire,
Mais rarement on t'aimera :
Ce qui sûrement touchera,
C'est ce que le cœur seul fait dire.

Mais, hélas !

Esprit, que je hais et qu'on aime,
Avec douleur je m'aperçois,
Pour écrire contre toi-même,
Qu'on ne peut se passer de toi.

Le second témoin que j'invoquerai, c'est Voltaire. Assurément nul n'a eu plus d'esprit que Voltaire, nul n'a mieux connu les inconvénients et les défauts du bel esprit ; et, à ce sujet, je ne sache rien qu'on puisse lire de meilleur que l'article du Dictionnaire philosophique : là, en effet, il démasque toutes les ruses, tous les artifices dont l'esprit se sert, dirai-je pour se cacher ou pour se montrer, je ne sais. Ce qu'on appelle esprit est tantôt une comparaison nouvelle, tantôt une allusion fine ; ici, c'est l'abus d'un mot qu'on présente dans un sens et qu'on laisse entendre dans un autre ; là, un rapport délicat entre deux idées communes : c'est une métaphore singulière ; c'est une recherche de ce qu'un objet ne présente pas d'abord, mais de ce qui est en effet en lui ; c'est l'art ou de réunir deux choses éloignées, ou de diviser deux choses qui paraissent se joindre, ou de les opposer l'une à l'autre, et celui de ne dire qu'à moitié sa pensée pour la laisser deviner. Puis, montrant le grand inconvénient qu'il y a à donner de jolies pensées, ou le ton des madrigaux à des héros qui sont toujours ou dans la passion ou dans le danger, il en vient à prendre l'exemple le plus éclatant de ce siècle. C'est La Mothe, ce corrupteur des lettres, qui pensa toujours finement et s'exprima de même. « Comment se pouvait-il faire qu'un homme qui avait tant d'esprit n'en eût pas assez pour retrancher ces fautes éblouissantes? Ce même homme qui méprisait Homère et qui le traduisit, qui en le traduisant crut le corriger, et en l'abrégeant crut le faire lire, s'avise de donner de l'esprit à Homère : c'est lui qui, en faisant reparaître Achille, réconcilié avec les Grecs prêts à le venger, fait crier à tout le camp :

Que ne vaincra-t-il point? Il s'est vaincu lui-même.

Il faut être bien amoureux du bel esprit pour faire dire une pointe à cinquante mille hommes. »

Oui, mais Chaulieu l'a dit, *tu séduis, on t'admire*. Et Voltaire lui-même s'est-il toujours tenu en garde contre les attraits et les charmes du bel esprit? n'a-t-il pas bien souvent cédé à la tentation ; et dans ses tragédies, au milieu des plus heureuses situations, les personnages n'abusent-ils jamais de leur rôle pour amener quelques-uns de ces traits qu'il a si bien démasqués. Zaïre, qui vient de se connaître et de découvrir avec douleur le terrible secret de sa naissance ; Zaïre, qui aime avec passion Orosmane, qui craint de lui être ravie, de le perdre pour jamais, n'est cependant pas si troublée de la passion qui devrait la posséder tout entière, qu'elle ne joue un peu avec cet art de réunir deux choses éloignées et de les opposer l'une à l'autre :

Suis-je, en effet, Française ou Musulmane?
Fille de Lusignan, ou femme d'Orosmane?
Suis-je amante ou chrétienne?

Maintenant, si je me demande quelles idées on s'était faites de la poésie, soit que l'on désespérât d'atteindre à la perfection et d'approcher les génies de l'âge précédent, soit qu'il semblât plus facile de médire de ces difficultés qu'on ne voulait pas affronter, on retrouve dans tous les écrits du temps des plaintes, des accusations contre cet art. Dans le livre brillant où Montesquieu, jeune encore, chercha à attacher à son nom la célébrité par la hardiesse et par la légèreté de ses jugements, Montesquieu lança contre la poésie et les poëtes des traits que Voltaire ne lui avait pas encore pardonnés trente ans après : « En rabaissant les poëtes, écrivait ce dernier à Saurin, Montesquieu a voulu renverser un trône, où il sentait qu'il ne pouvait s'asseoir. » Qu'est-ce en effet qu'un poëte au dire de l'auteur des *Lettres persanes?* C'est une sorte de pauvre diable affamé, un grotesque du genre humain, qui n'a pas d'esprit pour parler, mais qui parle pour avoir de l'esprit, dont le métier est de mettre des entraves au bon sens, et d'accabler la raison sous les agréments. Quest-ce que la poésie? une harmonieuse extravagance.

Avec plus d'autorité peut-être et plus de sérieux, Fontenelle n'était guère plus juste. Il avait eu le tort de faire beaucoup de vers et peu de bons, et le mérite d'écrire avec pureté et avec un peu de recherche des livres où brillaient surtout l'esprit et la finesse. Fontenelle disait : *la prose est*

*constamment le langage naturel, la poésie n'en est qu'un ar-
tificiel.* Mais Fontenelle ne connut guère le naturel, et, soit
en prose, soit en vers, ce n'est point là le mérite de ses
ouvrages. Près de lui, plus haut que lui criait La Mothe : il
écrivait contre les vers et en faisait de mauvais, deux
moyens divers, mais puissants, pour perdre une cause. On
se rappelle qu'il se présente à la porte du temple du goût
son OEdipe en prose à la main ; et plus il compte ses titres,
plus il avoue son horreur pour les vers, plus le dieu lui
ferme impitoyablement la porte : et en vérité, quand on le
voit raisonner sur la poésie, on est étonné qu'on puisse dé-
penser tant d'esprit pour avoir tort, on ne comprend pas
tant de fausse subtilité pour prouver qu'il n'y a plus qu'une
langue vraie, naturelle, digne de l'homme, et que cette
langue précieuse c'est la sienne. Passe encore de vouloir
traduire en mauvaise prose ses mauvais vers et ses odes
académiques. La différence est peu sensible et la traduc-
tion, très-facile d'ailleurs, ne gâte pas de grandes beautés.
Mais travestir Racine, traduire comme il le fait Mithridate
en prose, et quelle prose ! comment supporter, ou plutôt
comment réfuter de pareilles prétentions ?

On se rappelle la piquante colère de madame de Sévigné
quand elle vient de lire ce vilain factum de Furetière contre
Benserade et La Fontaine : « Son goût, dit-elle, est d'une
pédanterie qu'on ne peut espérer de corriger. On ne fait
pas entrer certains esprits durs et farouches dans le charme
et la facilité des fables de La Fontaine. Cette porte leur est
fermée, et la mienne aussi. Ils sont indignes de jamais
comprendre ces sortes de beautés, et ils sont condamnés
au malheur de les improuver et d'être improuvés aussi des
gens d'esprit... Je ne m'en dédis point : il n'y a qu'à prier
Dieu pour un tel homme, et qu'à souhaiter de n'avoir
point de commerce avec lui. » Pour nous, messieurs, il

nous faut tâcher de n'être pas de ces esprits durs et farouches, de ces désespérés qu'on ne peut guérir. Il faudra
chercher à comprendre et à sentir les vraies beautés de
la poésie, et à condamner sans pitié ses erreurs et ses
fautes.

PARIS. — IMPRIMÉ PAR E. THUNOT ET Cⁱᵉ,
rue Racine, 28, près de l'Odéon.

www.ingramcontent.com/pod-product-compliance
Ingram Content Group UK Ltd.
Pitfield, Milton Keynes, MK11 3LW, UK
UKHW020135080726
13614UKWH00005B/2248